IK HOU V___ HELPEN

Shelley Admont
Geïllustreerd door Sonal Goyal en Sumit Sakhuja

www.kidkiddos.com

Copyright©2016 by S. A. Publishing ©2017 by KidKiddos Books Ltd.

support@kidkiddos.com

Translated from English by Marcella Oleman

Vertaald uit het Engels door Marcella Oleman

Second edition, 2019

Library and Archives Canada Cataloguing in Publication Data

I Love to Help (Dutch Edition)/ Shelley Admont

ISBN: 978-1-5259-1214-6 paperback

ISBN: 978-1-5259-0338-0 hardcover

ISBN: 978-1-5259-0336-6 eBook

Although the author and the publisher have made every effort to ensure the accuracy and completeness of information contained in this book, we assume no responsibility for errors , inaccuracies, omission, inconsistency, or consequences from such information.

KidKiddos Books

Voor degenen die ik het meeste liefheb - S.A.

Vol enthousiasme stuiterde Jimmy om de auto heen.

"We gaan naar het strand!" riep hij blij. "We gaan naar het strand!"

Papa lachte terwijl hij de achterklep van de auto opendeed. "Dat klopt!" zei hij. "Het is een prachtige zonnige dag en we willen snel vertrekken."

"Waarom help je ons niet om de spullen naar de auto te brengen? Je broers helpen al."

Jimmy stopte met springen en keek naar de voordeur van hun huis.

Jimmy's broers hielpen om spullen naar de auto te dragen.

De oudste broer had emmers en schepjes in allerlei kleuren bij zich en de middelste broer droeg de picknickmand.

"Kom, Jimmy!" riep mama vanuit de deuropening. "Je kunt de tas met handdoeken of deze kleine strandstoel wel dragen. Dat is niet zwaar."

Jimmy keek naar de handdoeken en de stoel. "Nee, bedankt!" zei hij met een grijns. "Ik ben veel te druk met SPRINGEN!"

Het bos waarin ze woonden was niet ver van het strand en Jimmy wiebelde de hele weg vol spanning.

Toen hij het gouden zand van het strand en het sprankelende blauwe water van de zee zag, begon hij te springen op zijn stoel.

"Goed, we zijn er," zei papa.

Jimmy ging de auto uit. "Dit is geweldig!" riep hij en hij rende naar het water.

"Wacht!" riep mama hem na. "Je moet ons helpen om alles uit de auto te halen."

Jimmy draaide zich om en zwaaide naar zijn familie. "Nee, dank je!" zei hij. "Ik moet een GROOT ZANDKASTEEL bouwen!"

Hij rende naar een perfect plekje op het strand en begon zand te scheppen met zijn handen.

Jimmy was zo druk dat hij niet doorhad dat zijn familie naar de auto heen en weer liep om alle spullen naar het strand te brengen.

Ondertussen werd het zandkasteel groter en groter.

"Mijn kasteel wordt zo groot dat een koning en koningin hiernaartoe willen verhuizen!" zei Jimmy, terwijl hij zich voorstelde hoe kleine ridders en dienaren daarbinnen rondrenden.

Terwijl Jimmy bezig was met zijn kasteel, waren zijn oudere broers op zoek naar schelpen.

Papa ging zwemmen in de zee en mama lag op een handdoek verderop op het strand.

Jimmy was zo gefocust op zijn kasteel dat hij niet had gemerkt wat de rest van zijn familie aan het doen was, totdat …

"Kijk uit!" hoorde Jimmy zijn vader schreeuwen.

Hij keek nog net op tijd op om te zien dat er naast hem een enorme golf uit de zee omhoogkwam!

"O nee!" huilde Jimmy toen de golf bovenop hem terechtkwam. Toen het water weer terugstroomde, lag Jimmy op zijn rug en snakte naar adem.

"Bah!" Jimmy proestte het zoute water uit en haalde zeewier achter zijn oren vandaan.

Toen keek hij op om te zien wat
er met zijn kasteel was
gebeurd.

"Neeeee!" huilde hij. Het kasteel was compleet verwoest!

Jimmy voelde warme tranen op zijn gezicht toen hij naar het geruïneerde kasteel keek.

Mama knielde naast hem neer en gaf hem een knuffel. De hele familie was gestopt met wat ze aan het doen waren en verzamelde zich om hem heen.

"Het spijt me van je kasteel," zei papa.

"Ja, je kasteel zag er echt mooi uit," zei de oudste broer.

"En groot," vond ook de middelste broer.

Mama glimlachte. "Maak je geen zorgen, Jimmy. We zullen je helpen een nieuwe te bouwen."

"Doen jullie dat?" vroeg Jimmy.

"Ja!" Zijn familie moest lachen en samen begonnen ze het zandkasteel opnieuw te bouwen.

Iets was er anders deze keer. Jimmy realiseerde zich dat als zijn familie hem hielp, het kasteel groter en mooier was dan eerst.

"Kijk!" De oudste broer wees naar binnen. In het midden van het kasteel waren twee krabben gaan zitten. "Het heeft zelfs een koning en koningin!"

Jimmy stuiterde op en neer. "Dit is het beste zandkasteel ooit!"

Toen het tijd was om te gaan, begon de familie de spullen terug te brengen naar de auto.

Jimmy grijnsde. "Mag ik helpen?" vroeg hij.

Hij bracht de handdoeken naar de auto en rende daarna terug om te helpen met de emmers.

"Wauw, we hebben het echt snel ingepakt," zei papa toen ze klaar waren en hij naar een leeg strand keek.

Zelfs toen ze thuis waren, bleef Jimmy helpen. Hij bracht de strandstoelen terug naar binnen.

"Alles gaat veel beter als we elkaar helpen," zei hij tegen mama.

Mama glimlachte. "Nou, de auto is nu leeg, op één ding na."

Mama haalde een pak koekjes tevoorschijn. "Ik denk dat iemand me moet helpen met het eten van deze koekjes!"

Jimmy moest lachen.
"Ja, graag! Ik help wel."

CPSIA information can be obtained
at www.ICGtesting.com
Printed in the USA
BVHW021548130821
614281BV00028B/1086